# カミナリおじさん

文 志賀 伸子
絵 手塚 けんじ

文芸社

……カン、カン、チャラン。カン、カン、チャラン……

　暑い夏の日の午後、焼けつくような空の下に、どこからかひびいてくる音だ。これが何の音か、子どもたちは知っている。待っていた音なのだ。カン、カンと聞いただけで、「紙芝居だ！」と叫びながら、子どもたちは家から飛び出して行く。それから、子どもたちは一団となって音のする方に向かって走り出す。

　いつも静かないなかの小さな町だが、夏休みのこの時だけは、子どもの声が飛びかい、少し活気づく。表通りにいた大人たちも、この様子を見て、にこにこと声をかけ合う。

　「ころぶんじゃないよー、けんかしちゃダメだよー」と。

　子どもたちは、「あっちかな？」「こっちかな？」と、大声で言い合いながら走る。もちろん、カン、カンの音は、おじさんが鳴らしているのだが、いつも同じ道を来るとはかぎらない。それに自転車のせいか移動が速い。それでも、子どもたちは、だれよりも早く、おじさんの所に行こうと思って走る。まるで、〝かけっこ〟でもしているかのように一番をねらって全速力で走る。

　修ちゃんもその一人だ。九さいだから大きいお兄さんには負けるが、何とかして一度でいいから一番になりたいと思っている。それにはわけがある。おじさんの所に一番にかけつけると、カン、カンとなるひょうし木を打たせてもらえるからだ。

　ひょうし木は、ただの長四角の二本のぼうだったが、おじさんが両手に持って打ち合わせるとカン、カンと空にひびくような高い音が出る。子どもたちはみんな一度やってみたいと思っている。さらに、もう一つ、おじさんを助けてあげたいと思っている。つまり、それは子どもにでもできるお手伝いになるからだ。

「おじさんは、戦争があった時、足をやられたから歩くのが大変なんだよ。カン、カンでも手伝ってあげな……」
と、大人のだれかが言ったのが始まりなのだ。

　たしかに、おじさんはくつははいていたが右足の足首から下がないらしい。だから歩くと体がかたむく。そのたびに、こしにつけている大きなすずが少し変な音を出す。それがチャランなのだ。子どもたちにはそう聞こえる。いつの間にか、子どもたちは、ひょうし木とすずの音を「カン、カン、チャラン」と言うようになっていた。

　一番のりをして、おじさんからひょうし木を受けとった子どもは、後からきたちびっ子たちの先頭に立って歩くことができる。もちろん、おじさんもその後から自転車をひいて歩く。

　カン、カン、チャラン。カン、カン、チャラン。

　でも、子どもの足は速いから、おじさんのこしのすずは調子が合わないことがある。それに先頭の子が、時にはふざけて、カン、カン、カン……と早打ちをしたりする。おじさんはあわてて急ぐから、よけいに体がかたむいて、ふらつく。するとそれをまねしておもしろがる子が出てくる。でも、そんな時、子どもたちの中から、「やめろ！」とか「バカ！」とか、とがめる声が飛び出す。みんな、おじさんの気持ちを思いやっているからだ。

　おじさんは子どもたちの様子を見て笑いながら言う。「いいさ、いいさ、みんな良い子だ」と。この「いいさ、いいさ」という言葉は、時々子どもたちの間でも使われるようになった。

　とにかく、おじさんは子どもたちといっしょにいることが何よりもうれしいのだ。こうして、子どもたちとおじさんはいっしょに、いつもの紙芝居をする広場にもどってくるのだ。

それからだ。もう一つの楽しみが待っている。おじさんが自転車の後ろの荷台から紙芝居の箱を出してじゅんびを始めると、子どもたちはふたたび先をあらそって、おじさんのもとにかけよる。おいしい水アメがもらえるからだ。

　おじさんは「じゅんばん！　じゅんばん！」と言いながら、二本のぼうに水アメをくるくるとからめて、お金をさし出す小さな手に、次々とにぎらせてくれる。子どもたちは、その二本のぼうでアメをのばしたり、まいたり、なめたりといそがしい。

　そんな子どもたちの様子をうれしそうにながめながら、次に、おじさんは、

「さあー、今度は紙芝居の始まりー」

と大きな声で言い、ひょうし木をカン、カン、カンと早打ちをする。

「さあ、今日はカミナリ様のお話だよ」

　おじさんは一枚めの絵を出す。

　青い空に白い雲がうかんでいる。その雲の上に小さな赤ちゃんが寝ている。そばには、頭のつのに、髪の毛をくるくるとまきつけたお母さんカミナリがいる。

「ふわふわした雲のふとんだから、赤ちゃんは気持ちよくねむっているよ」

　おじさんはやさしい声で言い、つづけて、「いい子だから、お母さんとおるすばんだよ」

と、ふとい声で、本当の空を見上げながら、お父さんカミナリの役をする。子どもたちも空を見上げる。青い空に白い雲がうかんでいる。紙芝居の絵と同じだ。

　すると、今度は子どもたちの中から声が飛ぶ。

「お父さんは、どこへ行ったの？」

「さて、さて、どこへ行ったのかなー」

　おじさんは、こまったように首をかしげながら問い返す。

　子どもたちは、いろいろと考えをめぐらす。

「きっと、赤ちゃんの食べものをとりに行ったんだー」

「そうだ、エサをさがしに行ったんだ」

　と一人が思いついたように言う。

「エサって……？」

　まわりがざわめく。修ちゃんも想像をめぐらせて、もう一度、紙芝居の絵に目をやる。

　赤ちゃんの頭に小さなつのが見える。

　いったい、カミナリって何だ？　森にいる動物とはちがうし、空を飛ぶ鳥でもないし……。

　それに……エサって……何だ？……。

　その時、だれかが、とつぜん思いついたように大声で言った。

「ヘソだ！」

　その声に、みんないっしゅん、静まりかえったが次のしゅんかん、どっと笑い声をあげた。みんな自分のおヘソのあたりをおさえながら笑いころげている。おじさんもいっしょになって笑っている。

　おじさんは言った。

「そうさ、みんな、はだかでいると、おヘソをとられるぞ、お空からねらっていて、その辺に来ているかもしれないぞ！」

　みんなは、また笑った。こんなことが子どもたちにはおもしろかったのだ。だから、子どもたちは、おじさんが大好きだった。

カン、カン、チャラン。カン、カン、チャラン。

　週に一度の、紙芝居の日がやってきた。子どもたちは、いつものように走り出した。修ちゃんも、今日こそは一番になろうと走った。

　ところが、今日はいつもとちがっていた。

　音がふっと消えたかと思うと、とつぜんとんでもない方向から、カン、カンときた。今まで走ってきた後ろの方から聞こえたのだ。

　足をとめて、耳をそばだてて、身がまえていた子どもたちは、あわてて、いっせいに向きをかえた。修ちゃんも、すばやくまわれ右をした。と、そのしゅんかん、

　（しめた！　チャンスだ！）

と心の中でさけんでいた。向きをかえたら、修ちゃんの前にいるのは、足のおそいちびっ子だけだったからだ。それに、これまで、ずっと先を走っていた足の速いお兄さんたちは、修ちゃんの後ろになったからだ。

　修ちゃんは、いっきにちびっ子たちを追いぬいて走った。修ちゃんの前にはだれもいない。音は近い。だんだん大きくカン、カンと聞こえる。それは、いつもの紙芝居をする広場の方からだった。

　修ちゃんは、息をはずませ、たおれそうになりながら、ついにおじさんの前にすべりこんだ。「一番！」と手をあげながら。

　だが、つぎのしゅんかん、修ちゃんの心ぞうはとまりそうになった。おじさんのそばに、すでに一人の男の子が立っているではないか。しかも、首にはおじさんのあのひょうし木をさげて……。

　修ちゃんには信じられないことだった。

　だって……だってー、修ちゃんの前には、だれもいなかったじゃないか。いったいこの子はどこから走りこんだんだ！

修ちゃんの口から思わず「ずるいぞ！」という言葉が飛び出しそうになった。が、修ちゃんはあわててその言葉をのみこんだ。

　その男の子は、だまって修ちゃんの首にひょうし木をかけてくれたのだ。修ちゃんはびっくりして顔をあげたが何も言えなかった。

　そんな二人の様子を見ていたおじさんは、

「まあ、いいさ、いいさ」

と笑顔で言った。そして、

「さあ、修ちゃん、せっかくのひょうし木だ。その辺をもう少しまわってくれないか、たのむよ」

と修ちゃんの背中をおした。

　修ちゃんは、なんだか少しすっきりしなかったが、後ろから追いついてきたちびっ子たちをしたがえて、表通りを歩き始めた。

　カン、カン……と、力いっぱいひょうし木を打った。それに合わせて、後ろからついてくるちびっ子たちは、「カミシバイー」と声を出した。修ちゃんを先頭に、ちびっ子たちの行列は町を行く。

「おや、今日は修ちゃんかい！」

と通りに出ていたお母さんたちも声を出す。

　修ちゃんの手に、いちだんと力が入る。

　　カン、カン、カミシバイ

　　カン、カン、カン、カン、カミシバイ

　これがやりたかったのだ。修ちゃんは、とくいになって、ほこらしげに胸をはって、ひょうし木を打った。

　でも、そんな修ちゃんの胸の中には、ちょっとだけ気になることがあった。修ちゃんより先におじさんの所にいたあの男の子のことだ。ひょうし木を修ちゃんによこしてくれた男の子のことだ。

やがて、修ちゃんたちが近くをまわってもどると、おじさんは、
「ありがとう」と言って出むかえてくれた。

しかし、あの男の子のすがたはなかった。

「おじさん、さっきの、あの子は？」

修ちゃんはふしぎに思って聞いたが、おじさんは「知らない」と
だけ答えた。その日から、修ちゃんはずっと男の子のことが気にな
っていた。どこのだれなのか、知りたいと思っていた。

そんなある日、ぐうぜんお母さんの口から思いがけなく話が出た。

「おキヌばあさんのお孫さんがね、東京から一人で来てるらしいよ。
何でもお母さんが病気になってね、学校が夏休みになったから
……名前はミチオだって。修ちゃんと同じ年だから、修ちゃんに遊
びに来てほしいなーって。さびしがってるからって。そのうち行っ
てあげなさい」と言ったのだ。

その話を聞いて修ちゃんはピンときた。あの男の子にちがいない。

おキヌばあさんの家はすぐわかった。紙芝居の広場を背にしてい
る古い農家だった。こんなに近いのだから、あの時、おじさんの所
にかけつけるのも早いはずだ。そんなことを思いながら路地裏をぬ
けて表にまわってみた。

戸口にポンプ井戸があった。お母さんの言うとおりだ。まちがい
ない。でも人の気配はない。おキヌばあさんは一人ぐらしだから、
畑仕事にでも出かけているのだろう。このごろの農家では若い人
たちは都会へ出かせぎに行くことが多いから、老人だけの家はふし
ぎではない。障子戸の見えるろうかにまわると、修ちゃんは大声で、
「ミチオくーん」と、よんでみた。返事はない。もう一度大きい声
を出した。すると間があって、目の前の障子戸がわずかに開いた。

「ミチオくん……だろう？」

と言うと、ようやく男の子が顔を出した。まちがいない。やっぱり、あの時の男の子だ。

「おれさ、ここにいるって知らなかったから……この前は、ありがとう」

修ちゃんはそう言って、両手を打ち合わせ、ひょうし木を打つまねをした。男の子は、かすかに笑みを見せたが無言だった。そのかわり、障子戸を大きく開けて、修ちゃんに向けて手まねきをした。家の中はうす暗かった。無言のまま後からついていくと、おくの板戸の前で男の子は初めて口をきいた。

「ここが、ぼくのへや」

と低い声で言った。農家にはよくある納戸という物置で、黒くすすけた板戸がぎしぎしとすべりの悪い音を出して開いた。そこは、どこからか光がさしこんでくると見え、少し明るかった。

おくの方には古いタンスや木の箱が積み重ねてある。目の前にはふとんがしかれ、その上にランドセルや紙やえんぴつが散らばっていた。——ミチオくんはここで何をしていたのか、そんなことを思いながら修ちゃんはへやの中をぐるりと見まわした。

その時、ふと目にとまったものがあった。壁という壁に大小さまざまの紙がピンでとめられている。近づいてよく見ると、それは絵だった。

「これって、ミチオくんが描いたの？　何だか、この絵、どこかで見たような気が……」

そこまで言って、おどろいた。

——青い空に白い雲、そして雲の上のカミナリ——

「これ、紙芝居の……おじさんの絵！」

　修ちゃんが、そう言ってふり返ると、ミチオくんはいきなり修ちゃんの手をひっぱって、おくの壁の前に立った。

「ここ、ここから……」

と言って、板壁の一つの節あなを指さした。そうして自分の目をピタリとつけた。

「ここから……のぞいてごらん……」

　ミチオくんに言われるまま、修ちゃんは、ふしぎな顔をしながらその節あなに目をあてた。──見える、外が見える、しかもいつも紙芝居をしている広場が見える──

「ね、見えるだろう、ぼく、ここから紙芝居をのぞき見してたんだよ……」

　修ちゃんは、頭の中がこんらんしかけた。

「だって、ここからは……おじさんの背中しか見えないじゃないか。紙芝居の絵なんか、見えないじゃないか」

「でもね……声は聞こえたよ、だからさ、どんな話かわかったんだ」

　修ちゃんはなっとくした。ミチオくんは話を聞いて、想像して絵を描いたのだということを。たしかに、紙芝居の絵は少しちがう。赤ちゃんカミナリは、ほっぺたを赤くして雲の間から顔を出して下をのぞいている。お母さんカミナリはエプロンをかけている。

「ミチオくんの絵の方がおもしろいよ」

　ミチオくんはうれしそうな顔をしたが、すぐこまったように顔をくもらせて言った。

「でもね、ぼく、のぞき見して悪いことしてたんだよね、ずるいよね、ただで見てたんだもん……」と。しずんだ声だった。

「そんなことないよ、ただだってさ、絵も見えないし、それに、ア・メだって……」

修ちゃんは、ここまで言って、あわてて口をつぐんだ。おじさんの背中だけしか見えず絵も見えず、アメもなめられないミチオくん……そして、修ちゃんは気がついたのだ。アメをなめている子どもたちみんなをミチオくんは見ていたということを。

こづかいがもらえず、紙芝居を見にこられなかったミチオくん、どんなにアメをなめてみたかったか……それなのにみんなで見せ食いをしていたことになる……そのことに思いいたった時、修ちゃんは、言葉をのんだ。何を言ったら良いか言葉につまった。

その時、ふいに修ちゃんの口から飛び出した言葉があった。

「まあ、いいさ、いいさ」

あのおじさんの言葉だ。これは本当にいい言葉だ。どうして良いかわからない時に、自分の心も相手の心も、みんなのみこんでくれる言葉になる。二人は初めて、たがいの顔を見ながら笑った。

つぎの紙芝居から、修ちゃんはアメをなめるのをやめた。おじさんから水アメをもらうと、だんだんやわらかくなって落ちそうになるのをふせぐために、二本のぼうにくるくるとまきつけることをくり返す。何とかして、ミチオくんにあげたいと思っているからだ。

「早く！　早く！」

二本のぼうから今にも落ちそうな水アメを持って、修ちゃんはミチオくんの所にかけこむ。えんりょがちなミチオくんも思わず、こしをかがめてアメを口で受ける。それから二人はふとんに寝ころがって残りのアメをゆっくり天井を見ながらなめる。ふとんの上をごろごろと一回転して起きる。これは修ちゃんの楽しみの一つだ。

背中の下でガサガサと音がする。最初びっくりしたが、

「ばあちゃんがつくったわらぶとんだ」

とミチオくんから教えられた。戦争が終わったばかりで、物がない時だったから、綿のかわりにわらを入れたふとんが農家にはよくあったのだ。修ちゃんの家は農家ではないから初めてのけいけんだった。イネから米になる穂の部分をとった残りの茎をほして使うから、たしかにかれ草のにおいがした。わらをたくさん入れるほど、ふっくらとして大きくふくれあがり、寝ころがると体がしずんで草にうずもれている気持ちになり、修ちゃんはおもしろがった。

板壁の節あなといい、わらぶとんといい、ミチオくんのへやには修ちゃんの知らないふしぎな発見があって心がひかれた。

次も、次も、修ちゃんはアメをぼうにからめてはミチオくんの所にかけこんだ。

でも、そんな日も終わりに近づいていた。

夏休みが終わるからだ。ミチオくんは「そろそろ東京へ帰る」と言った。だから、今日の紙芝居が最後になる。

修ちゃんは、いつもよりていねいにぼうを動かした。それに今日はやけに暑い。そのためかアメがとけるのも早い気がする。落とさないようにと何度もくるくるとまくと、それだけアメも早くのびてたれるようだ。

こうなると紙芝居どころではない。修ちゃんの目と手はアメにだけ集中した。それでも、修ちゃんは目の前の板壁の節あなが気になった。きっとミチオくんは、しんけんに修ちゃんたちのことを見ているかもしれない。ミチオくんとのこれまでのことが、いろいろ修ちゃんの頭の中をよぎった。今日はアメを全部あげよう……。

紙芝居が終わってかけ出そうとした修ちゃんは、もう一度節あな
を見た。すると節あなはミチオくんの大きな目になっている、と思
ったしゅんかん、修ちゃんはびっくりして、

「うわぁー」

と声をあげた。体がゆれた。今日が最後だというのに、とんでもな
いことになった。アメがだらりと足もとに落ちたのだ。修ちゃんは
とっさにかがみこんだが、アメは土まみれだ。

　修ちゃんは泣きそうになっていた。

　が、その時、修ちゃんの頭の上で声がした。

「それはもうダメだ。ほら、これを持っていきな！」

　おどろいて見上げると、ぼうにからんだアメを持って紙芝居のお
じさんが立っていた。

「これは、おまけ、おまけだから早く持っていきな、ぐずぐずして
ると、またとけてしまうよ、早く、早く」

　おじさんは、ためらっている修ちゃんの手にアメのぼうをにぎら
せた。その時、修ちゃんは何と言ったら良いのか言葉が出ず、口を
もごもごさせた。すると、おじさんは言った。

「まあ、いいさ、いいさ……早く、早く」

と、せかすように手をふった。アメはぼうにからんだばかりだから、
まだ、とけそうにない。修ちゃんは、かけ出した。

　いつものように、修ちゃんとミチオくんはわらぶとんに寝ころ
がってアメをなめた。

　しかし、今日の二人はだまってなめつづけた。アメを〝半分こ〟
する時から、二人の胸にひっかかるものがあったからだ。しばらく
して、ミチオくんが口を開いた。

「おじさん、ぼくのこと、知ってたんじゃないかな……」

「うん、ぼくも、そんな気がしてきた……早く、持っていけって……それにさ、アメもいっぱい、二人分はあったしさ……」

「うん、ふしぎだよ、やっぱり、ぼくのこと、わかってたんだよ……」

　二人は、とつぜん、同時にはね起きた。

　考えたことは同じだった。節あなの所に、にじりよると目をおしつけて外を見た。ミチオくんも修ちゃんも。でも、広場にはもうだれもいなかった。もしや、後かたづけをしているかもしれないと思ったのだったが、おじさんのすがたはなかった。

「ぼく、お礼が言いたかったのに……」

「ぼくも、ありがとうが言いたかったのに」

　二人の思いは同じだった。これまで楽しいことも、うれしいこともいっぱいあったのに「ありがとう」の一言が言えなかったことで二人の心は重くしずんでいった。


　ついに、ミチオくんの東京へ帰る日が、二日後にせまってきた。

「ぼく、やっぱり、おじさんに会ってから帰りたかったなー」

　ミチオくんは心が晴れないまま帰ることになる。それを思う修ちゃんの気持ちも同じだ。

　ところが、よく日、二人の顔がぱっと明るくなる出来事が起こったのだ。外から帰ってきた修ちゃんのお母さんの口から、おじさんの話が出たからだ。

　居所がわかったのだ。

料金受取人払郵便

新宿局承認

3971

差出有効期間
2022年7月
31日まで

（切手不要）

郵 便 は が き

160-8791

141

東京都新宿区新宿1−10−1

**㈱文芸社**

愛読者カード係 行

| ふりがな<br>お名前 | | 明治　大正<br>昭和　平成　　年生　　歳 | |
|---|---|---|---|
| ふりがな<br>ご住所 | □□□−□□□□ | | 性別<br>男・女 |
| お電話<br>番　号 | （書籍ご注文の際に必要です） | ご職業 | |
| E-mail | | | |
| ご購読雑誌（複数可） | | ご購読新聞 | 新聞 |

最近読んでおもしろかった本や今後、とりあげてほしいテーマをお教えください。

ご自分の研究成果や経験、お考え等を出版してみたいというお気持ちはありますか。

ある　　　ない　　　内容・テーマ（　　　　　　　　　　　　　　　　　）

現在完成した作品をお持ちですか。

ある　　　ない　　　ジャンル・原稿量（　　　　　　　　　　　　　　　　）

| 書　名 | |
|---|---|

| お買上<br>書　店 | 都道<br>府県 | 市区<br>郡 | 書店名 | | | | 書店 |
|---|---|---|---|---|---|---|---|
| | | | ご購入日 | 年 | 月 | 日 | |

**本書をどこでお知りになりましたか?**
　1.書店店頭　2.知人にすすめられて　3.インターネット(サイト名　　　　　　　)
　4.DMハガキ　5.広告、記事を見て(新聞、雑誌名　　　　　　　　　　　　　　)

**上の質問に関連して、ご購入の決め手となったのは?**
　1.タイトル　2.著者　3.内容　4.カバーデザイン　5.帯
　その他ご自由にお書きください。
　(　　　　　　　　　　　　　　　　　　　　　　　　　　　　　　　　　)

**本書についてのご意見、ご感想をお聞かせください。**
①内容について




②カバー、タイトル、帯について

 弊社Webサイトからもご意見、ご感想をお寄せいただけます。

──青い空と白い雲、暑い夏の昼下がり──

　田んぼの中の一本道を二人の男の子が走っていた。修ちゃんとミチオくんだ。めざすは、おじさんの家。この先にある森をぬけるとあるはずだとお母さんが言った。

　二人は走りつづけた。早く行かないと、また、おじさんがどこかへ行ってしまうような気がしたからだ。急げ、急ぐんだ！

　それにしても暑い。かんかん照りだ。

　頭から顔から汗が流れ落ちる。タオルも持たずに飛び出した二人はシャツをまくり上げて汗をぬぐう。背中もぐしょぐしょだ。息づかいもあらくなった。

　でも、二人は走りつづけた。荒地のかわいた田んぼの中を走り、草ぼうぼうのやぶをぬけ左右への分かれ道まで来て初めて足をとめた。

「あ、こっちだ」

と修ちゃんが指さした左に、そまつな小屋が見えた。これもお母さんの言ったとおりだ。

　修ちゃんはまようことなく走り出す。東京そだちのミチオくんには、初めてのけいけんだ。足はぼうのようだ。でも、おじさんに会うまではとがんばっている。

　道の行きどまりがめざす森だ。森といっても杉林だ。大きな杉の木の間を細い道がくねくねとつづいている。ここをぬけるとおじさんに会える。そしたら、まっさきに「ありがとう」を言おう。二人の足はいちだんと力が入った。

　──そして、ついに林道をぬけた。

28

目の前に畑が広がり、そのおくに、わらぶきの一けんの農家が見えた。

「あ、あれだ！」

と修ちゃんが声をあげた。杉の木を背にしている。これも、お母さんが言ったとおりだ。二人は飛びはねるようにして、その玄関口にかけこんだ。大声でよんだ。

「おじさーん」

「紙芝居のおじさーん」

だが、返事がない。人の気配もない。おろおろと、裏の方にまわると物置があった。板を打ちつけただけの古びた小屋だ。まわりにリヤカーやらくわやら箱などがらんぼうに置かれている。ふと、二人の目がとまった。

「あれ、おじさんのだ！」

たしかにおじさんの自転車があった。荷台には水アメの入った黒い箱がなわでしばりつけられている。とうとうおじさんを見つけた。二人は胸をドキドキさせながら、ふたたび大声でよんだ。

「おじさん！　紙芝居のおじさん！」

その時、二人の背中の方で声がした。

「おじさんはいないよ。家に帰ったよ」

おどろいてふり返ると、いつの間にかおばあさんがいた。

「帰ったって、どこへ……？」

「おじさんは出かせぎに来てたんだよ。子どもに水アメを持って帰ると言ってたな、うん、あれはうまかった。このばあさんにも、紙芝居からもどるたびに持ってきてくれたもんよ。ほれ、ほれ、その箱から出してな」おばあさんは、自転車の荷台を指さした。

「この自転車……」

　修ちゃんは、足の悪いおじさんが自転車を置いて帰ったなら、家は近いのかと聞こうとしたが、おばあさんはそんな修ちゃんたちの声が聞こえないかのように、せかせかと自分の話をつづけた。

「ふしぎな人でな、夏になると、ひょっこりやって来てな、夜、寝るだけだからここをかしてくれってな、いつ出かけていって、いつ帰ったのかも、わからん人じゃったよ。そしてな、今ごろになると、もう帰るからと言ったかと思うと、つぎの日にはもういなくなってるんじゃ、まったくふしぎな人じゃ……」

　おばあさんの話はまだまだつづきそうだった。その時、ミチオくんの声がした。

「修ちゃん、見て！　来てごらん！」

　ミチオくんが物置の板壁にへばりついて、後ろ手をふり、手まねきをしている。修ちゃんにはすぐわかった。節あなに目をおしあてているのだ。物置を見た時、ミチオくんのへやとちがって、板壁の節あなが多いのに気づいていたからだ。修ちゃんも、もう一つの節あなに目をおしあてた。

　――見える、小屋の中が見える――

「ほら、あの柱のとこ、あれ、おじさんのひょうし木だよね」とミチオくん。

「あ、すずもある！」と修ちゃん。

「ほら、ちょっとおくの方、あれはぼくと同じ、わらぶとんだよ！」

　ミチオくんは大発見したように声高くさけぶ。目をこらすと、修ちゃんの目にも、こんもりとふくれあがっているわらぶとんが見える。カサカサ、ガサガサと背中で音がしたふとんを思い出した。

（おじさんもわらぶとんに寝ていたんだ）

と二人は思わず顔を見合わせた。

とその時、ふたたび、おばあさんの声が二人の背中に飛んできた。

「ぼうやたち、早く帰りな！」

おどろいてふり返ると、おばあさんは、心配そうな顔をして空をあおいでいる。

「ぼうやたち、町から来たんだろう、早く帰った方がいい、雷様が来るぞ！」

おばあさんの声は、さっきよりもおこったような強い声になった。おばあさんの目の先を見ると、畑から少し見通せる空に白い雲がもくもくともり上がってくるのが見えた。

「ありゃ入道雲だよ、ぼうや、雨もザーッとくるよ、早く！」

おばあさんはもう気が気でないように、二人をせき立てた。

修ちゃんは、いきなりミチオくんの手をひっぱってかけ出した。

「雷様に気をつけるんだよ！」

おばあさんの声が後ろで小さく消えた。

二人が、さっき来たばかりの林道にかけこんだ時、遠くでゴロゴロと音がした。

「雷様だ、急げ！」

修ちゃんはあわてていたが、ミチオくんは、何が何だかわからず足が重くなるばかりで、ぐずった声を出した。

「ちょっと休もうよ、つかれたよ……雷様、雷様って何だよ、おばけかー」

「カミナリのことだよー」

修ちゃんはミチオくんが雷様という言葉を知らなかったことに初めて気づいた。「おばけ」といったのも、おかしかったが、足はとめなかった。ゴロゴロとまた鳴った。まるで二人を追いかけてきたかのように近くで鳴った。雨まで落ちてきた。

「雨だ、急ぐんだ、早くー」

「だったら、ここで……」

　ミチオくんはそばの杉の木の下に行こうとした。

「バカかー、死ぬぞ！」

　修ちゃんのどなり声がはねかえってきた。

　木の下で雨宿りをしていた人が、カミナリに打たれて死んだという話をお母さんから聞いたことがある。カミナリは高い木が好きだ。電気をビリビリと流して木をまっ二つに切りさき、そばにいる人間の体にもビリビリとカミナリの電気がきて死んでしまうと、お母さんが言ったのを思い出し、修ちゃんは顔をひきつらせた。

　二人が林道をかけぬけた時、カミナリの音も雨も、いっそう強くなってきた。このままだとカミナリに打たれてしまう。そう思った時、前方のやぶの中に小屋が見えた。

「あそこに、にげるぞー」

　そこは、左か右か、分かれ道になっていた所だ。これも、お母さんから聞いていて、よかった。小屋は板を打ちつけただけの今にもくずれそうなそまつなものだったが、雨宿りには十分だった。

　とびらが風のあおりを受けて、バタンバタンと音をたてて、開いたりしまったりしている。二人は必死で飛びこんだ。と、同時にピカッと小屋の中に、つきささるようにイナヅマが走り、間を置かずにゴロゴロと大きな音が頭上で鳴った。

——あぶなかった。もう少しぐずぐずしていたら、カミナリが落ちていた。

　二人は、風であおられるとびらを中からおさえつづけた。そうしないと、雷様が、おばけが二人をおそって入ってくるように思えた。二人は、こわくてしがみつくようにとびらをおさえつけた。小屋の中は暗かったが、目がなれてくるとイネのわら束が投げられたように散らばっていた。気がつくと、板を打ちつけただけの壁の間から少し光もさしこんでいた。節あなもいっぱいある。

　その時だった。二人は何を感じたのか、あわてて外に飛び出していた。

　雨も小ぶりになり、カミナリの音も少し小さく、ゴロゴロとなった。二人は、いきなりとびらのそばの節あなに目をおしつけていた。

　——見える、やっぱり、中が見える——

　二人は、まるで、もうし合わせたように、空を見上げていた。

「おじさんだ。きっと、カミナリは……」

「そうだよ。出かせぎといったさ」

　その時、またゴロゴロと鳴った。

「いいさ、いいさ」と言っているように。

　二人はだんだん遠ざかるカミナリの音に向かって、あらんかぎりの声でさけんだ。

「おじさーん、ありがとうー」

「カミナリおじさーん、ありがとうー」

「あ・り・が・と・うー」

## あとがき

　娯楽の何もなかった終戦後、紙芝居が登場した。何枚かの絵を見せながら、おじさんが話をしてくれる。そこには知らない世界があり、様々な人物が出てくる。子供たちは、それを見て空想し想像し、時にはその人物に成りきって一喜一憂しながら楽しんだ。また、新しい知識も得た。

　この紙芝居のおじさんたちの存在も大きかった。おじさんたちは終戦後、戦地から戻ったばかりで、中には手足に傷を負い身体の不自由な人がかなりいたのである。紙芝居は架空の世界の話だが、おじさんは現実の世界からやってきた人物である。子供たちの目にどう映り、何を感じ、考えさせただろうか。きっと、知らない大人の世界の一端をのぞき見た何かが、幼な子の心の中にとどまったに違いない。

　この絵本の刊行に当たり、すてきな絵を描いてくださった手塚けんじ様、文芸社の飯塚孝子様、谷本明世様に心から感謝を申し上げます。
　　　　　　　　　　　　　　　　　　　　　　　　　　　　　　　志賀伸子

**著者プロフィール**

**志賀　伸子**（しが　のぶこ）／文

1940年1月埼玉県生まれ、福島県育ち。
福島大学卒業後、教職に就く。
2011年3月11日に起きた東日本大震災の原発事故のために避難し、現在、大阪府堺市在住。
著書に『長いおるすばん』（文芸社　2019年　絵　石黒しろう）がある。

**手塚　けんじ**（てづか　けんじ）／絵

1952年東京都品川区生まれ。
出版社勤務を経て、武蔵野美術学園修了。
絵本制作、書籍・雑誌挿絵などで活躍中。

## カミナリおじさん

2021年9月15日　初版第1刷発行

　文　　志賀　伸子
　絵　　手塚　けんじ
発行者　瓜谷　綱延
発行所　株式会社文芸社
　　　　〒160-0022　東京都新宿区新宿1-10-1
　　　　　　　　　電話　03-5369-3060（代表）
　　　　　　　　　　　　03-5369-2299（販売）

印刷所　図書印刷株式会社